Über den Autor:

Sandro Hübner, geboren am 07. August 1991 in Görlitz. Besuchte erfolgreich die Schule und widmete sich mit 10 Jahren Kurzgeschichten, Gedichten und Vorträgen die sehr umfangreich verfasst waren. Als er 17 Jahre alt war und sich als Schriftsteller die Zeit, für seinen Ersten Roman: SAD SONG - Trauriges Lied - nahm, machte es ihn sehr großen Spaß das Schreiben. Sandro Hübner lebt mit seinem Partner in Berlin und arbeitet bereits an seinem nächsten Roman.

Vom Autor bereits erschienen: siehe Anmerkungen

SANDRO HÜBNER

RÜCKKEHR EINES TRÄUMENDEN DELFINS

Roman

Bibliografische Information der Deutschen Nationalbibliothek:
Die Deutsche Nationalbibliothek verzeichnet diese Publikation
in der Deutschen Nationalbibliografie; detaillierte bibliografische Daten sind im Internet über http://dnb.dnb.de abrufbar.

TWENTYSIX – Der Self-Publishing-Verlag
Eine Kooperation zwischen der Verlagsgruppe Random House und
BoD – Books on Demand.

Herstellung und Verlag:
BoD – Books on Demand, Norderstedt

ISBN: 978-3-7407-3399-5

Die letzten Strahlen der Abendsonne fielen sanft durch die verwehenden Wolken und offenbarten die unverfälschte Schönheit einer abgelegenen Koralleninsel, die wie ein Juwel inmitten des tiefblauen Meeres lag.

Ein Tropensturm war gerade durch das Gebiet gezogen, und eine starke Dünung, in weiter Ferne geboren, peitschte das Riff. Der ansonsten friedliche Ozean hatte sich in eine tosend brandende, gischtende Flut verwandelt. Kurz bevor sich eine hohe Welle brach, tauchte ein Delphin aus der Tiefe auf. Er durchbrach die Welle, als sie auf das Riff schlug, und zog eine dünne Spur über die Wasserwand, während er mit angehaltenem Atem zwischen Wellental und Wellenkamm balancierte . . .

Der Wellenrand hüllte ihn langsam ein, umfing ihn und trug ihn immer tiefer hinein an die Stelle, von der alle Wellenreiter träumen: den Tunnel. Und der als der einsame Delphin dann wieder über die Wasseroberfläche schoss, machte er in einer wunderschönen eleganten Kurvenbewegung einen klassischen Cutback und ließ die Welle schließlich hinter sich.

Er beschloss, dass dies nun die letzte Welle sein sollte, die er heute geritten hatte, also schwamm er in Richtung Lagune, erschöpft, aber glücklich.

Michael Benjamin Delphin sah ein letztes Mal aufs offene Meer hinaus, als die Sonne gerade aus dem blauen Himmel in den blauen Ozean fallen wollte – ein magischer Moment am Tag: Wer Glück hat, sieht für den Bruchteil einer Sekunde noch das grüne Aufblitzen, bevor die Sonne vollkommen versinkt und mit dem azurblauen Meer verschmilzt.

Michael Delphin zögerte. Es war wie bei allen Wellenreitern: Er dachte, er hätte für heute seine letzte Welle genommen, doch die Sehnsucht nach dieser unbeschreiblichen Freude am Surfen trieb ihn dazu, noch eine weitere letzte Welle zu reiten, bevor er endgültig in die Lagune zurückkehrte. Er begann seinen Ritt auf der ersten Welle des Sets. Als er sich vom Wellental hinaufschwang, passierte er die kritische Stelle. Die Welle wurde langsamer, also konnte er nur einen Cutback machen und warten, bis sich die neue Welle vor ihm aufbaute. Am Ende verließ er sie mit einem grazilen Sprung ins Wasser.

Es war ein großartiger Tag in den Wellen gewesen. Es ging ihm so viel besser, seit er beschlossen hatte, sich in seinem Leben Zeit zu nehmen für die Dinge, die er mochte und von denen er träumte.

Er schwamm in Richtung Strand, hielt aber inne, um noch einmal die herrliche Abendstimmung zu bestaunen. Seine Gedanken schweiften in die Vergangenheit zurück.

Er erinnerte sich an die Augenblicke, die er vor vielen Jahren mit Daniel Alexander Delphin beim Wellenreiten geteilt hatte – wie er immer stundenlang die Wellen betrachtet und sich vorgestellt hatte, er befinde sich an der Spitze einer dieser riesenhaften Wasserwände; wie er geträumt hatte . . .

Nun hatte er endlich sein wahres Selbst wiederentdeckt, den echten Michael Benjamin Delphin in sich wiedergefunden. Und es fühlte sich gut an. „In der Welt der Träume", hatte Daniel einmal zu ihm gesagt, „ist alles möglich."

Michael sah zum Horizont und dachte an seinen Freund:

Vor vielen Jahren, Daniel, hast du mir gezeigt, dass ich meinen Träumen folgen soll. Es sei das Wichtigste, was ich in meinem Leben erreichen könne. Und das habe ich getan. Nachdem du weggegangen warst, war ich am nächsten Morgen nach langer Zeit wieder beim Wellenreiten und habe zum ersten Mal die Stimme des Meeres gehört; ich habe mich an den Sinn meines Lebens erinnert und mir selbst ein Versprechen gegeben: Eines Tages werde ich dich schon finden, Daniel, und dann werde ich dir das eine oder andere über das Wellenreiten beibringen!

„. . . oder . . ., wer weiß? Vielleicht komme ich ja irgendwann zurück, und dann kannst du mir vielleicht das eine oder andere über das Leben beibringen . . ."

Michael drehte sich abrupt um.

„Daniel!"

„Hallo, Michael", sagte Daniel Alexander Delphin. „Lange her . . ."

Michael umarmte Daniel, der Mond stand hoch am Himmel, die Sterne leuchteten heller denn je.

„Schön, dich wiederzusehen", sagte Michael.

„Schön, wieder zurück zu sein", erwiderte Daniel.

Er entsann sich der Zeit, dieses wundervollen, erleuchtenden Moments, als er zum ersten Mal die Stimme des Meeres gehört hatte, die Stimme, die ihn seinen ganzen Weg über begleitet und ihn gelehrt hatte, den wahren Sinn seines Lebens zu finden.

Schöne Erinnerungen sie wie kleine Fenster, durch die wir einen Blick aufs Paradies erhaschen können.

„Es tut gut, wieder hier in meiner Lagune zu sein, wo alles begann und wo ich mich zum ersten Mal frei gefühlt habe", sagte Daniel. „Fast hätte ich vergessen, wie schwierig es ist, Entscheidungen zu treffen, die allem zuwiderlaufen, was man im Leben gelernt hat."

Sie schwammen zusammen. Viele Jahre seitdem vergangen, aber Daniel Alexander Delphin kam es so vor, als hätte er erst gestern beschlossen, die Lagune auf der Suche nach dem Sinn des Lebens zu verlassen. Den Sinn des Lebens zu finden, ist für ihn eine zufriedenstellende Lösung. Auch wenn es nicht einfach ist.

Michael lächelte seinen Freund an.

„Kannst du dir das vorstellen Daniel – was wäre geschehen, wenn du auf den Delphinältesten gehört hättest? *Wir dürfen das innere Riff, das unsere Welt umschließt, nicht verlassen. Seit Anbeginn der Zeiten liegt es dort und hat uns immer vor den Gefahren beschützt, die jenseits des Riffs drohen. Wir müssen die göttliche Entscheidung respektieren, indem wir das Gesetz achten.* Doch stattdessen hast du dich entschieden, auf die Stimme deines Herzens zu hören."

„Ja, du hast recht, Michael. Selbst du warst damals der Meinung, dass ich einen Fehler machte."

„Das stimmt, Daniel. Aber dann bist du zurückgekommen, du hast uns verziehen, dass wir dich so behandelt hatten, und hast den Zauber mit uns geteilt, den du gefunden hattest."

Michael schwamm um seinen Freund herum.

„Es ist so schön, dich wiederzusehen, Daniel", sagte er noch einmal, aber konnte immer noch nicht recht glauben, dass sein alter Freund wirklich hier war, hier bei ihm.

„Ja", antwortete Daniel. Er schwamm zum offenen Meer hinaus und blickte zum Horizont.

„Was ist denn, Daniel?", wollte Michael wissen.

„Nichts . . ."

Michael blieb beharrlich: „Komm schon, Daniel, sag mir, was los ist!"

„Es ist nichts!", gab Daniel genauso beharrlich zurück.

Michael lächelte.

„Ich kenne dich zu gut, Daniel. Du hast irgendwas auf dem Herzen. Deine Augen strahlen zwar wie bei einem wahren Träumer, aber dennoch verdunkelt sie ein kleiner Schatten."

„Du kennst mich wirklich gut", sagte Daniel.

Er blickte immer noch zum Horizont.

„Michael, es ist etwas geschehen, das ich in meinem Leben nie erwartet hätte."

„Erzähl!", wollte Michael.

Daniel schwamm dichter an Michael heran.

„Weit entfernt von unserer Insel gibt es einen Ort", sagte Daniel. „Er heißt: Insel der Träume. Ein wundervoller Ort, wo alle Geschöpfe, die ihre Träume verwirklicht haben, zusammenkommen und ihre Erfahrungen austauschen. Dort kannst du außergewöhnliche Wesen treffen, die einen solchen Grund an Spiritualität erreicht haben, den ich erst allmählich zu begreifen beginne."

In diesem Moment verschwand Daniel und tauchte auf der anderen Seite seines alten Freundes wieder auf.

Michael wurde fast ohnmächtig vor Schreck.

„Wie hast du denn das gemacht?"

„Alles ist möglich, wenn man es von ganzem Herzen will", gab Daniel zurück. Er atmete tief durch und fuhr fort:

„Auf dieser Insel der Träume erfuhr ich, dass, wenn man es einen Delfin gibt, der mir helfen könnte zu verstehen, was ich durchlebe, ich mich nun auf den Weg machen müsste, um ihn zu finden." Er zwinkerte Michael zu. „Und ich glaube, ich habe ihn schon gefunden . . ."

„WOW!", machte Michael; er kapierte nicht, was Daniel da gerade gesagt hatte. „Meinst du, das könnte ich eines Tages auch schaffen? Einfach verschwinden und wieder auftauchen, wie ich will?"

„Natürlich", antwortete Daniel. „Du wirst kommen und gehen können, wie du willst und wo du willst. Und mehr noch als das."

Daniel erzählte weiter: „Ich bin zurückgekommen, weil mein Herz mir gesagt hat, dass du mir wahrscheinlich helfen kannst, eine Orientierung zu finden – so wie damals vor langer Zeit dir helfen durfte."

Michael blickte Daniel ehrfürchtig an.

„Du bist geboren, um uns zu führen, Daniel Alexander Delfin. Du bist geboren, um uns die Augen für den Zauber dieser Welt zu öffnen."

„Ich bin ein nur ein einfacher Delfin, der seine Träume nie aufgegeben hat", erwiderte Daniel. „Ich habe gelernt, dass das Wort unmöglich keinerlei Bedeutung hat. Aber wenn man glaubt,, dass es Grenzen gibt für das, was man im Leben tun kann, dann wird man ganz sicher innerhalb dieser Grenzen bleiben. – Aber ich bin zurückgekommen, um dich um deine Führung zu bitten, Michael."

„Mich!?"

„Warum denn nicht?"

Michael lächelte. *Er hat recht*, dachte er. *Warum sollte ich meinem Freund nicht helfen, so wie*

Daniel mir vor langer Zeit geholfen hat? Und er sagte: „Erzähl mir von diesem magischen Ort, an dem du warst. Sag mir, wie ich dir helfen kann."

Daniel erzählte: „Auf der Insel der Träume traf ich eine ganz besondere Delfinfrau. Sie heißt Leena. Wir verliebten uns auf den ersten Blick ineinander. Und mit ihr erfuhr ich etwas ganz Wundervolles, etwas, das ich nie zuvor gefühlt hatte: wahre Liebe. Ich war immer ein Einzelgänger in den Schwärmen gewesen", sagte er, „aber dieses herrliche Geschöpf hat mir mein Herz gestohlen. Mit Leena empfand ich etwas ganz Neues: Mit ihr hatte ich den Eindruck, das Meer sei nur dazu da, dass wir beide zusammen sein konnten, gemeinsam schwimmen, einander berühren konnten; das ich ihrer weichen Stimme lauschen, ihren schönen, zierlichen Körper betrachten konnte. Weißt du, Michael, sich in jemanden zu verlieben, der dich wieder liebt, ist eines der schönsten Dinge, die dir im Leben widerfahren können." Daniel erzählte und erzählte. „Wir schwammen oft zusammen, lernten im Spielen und Wellenreiten die unterschwelligen Strömungen kennen. Als ich sie verließ, um zu dir und in unsere Lagune zurückzukehren, hätte ich nie gedacht, dass ich so viel Liebe im Herzen tragen könnte. Unsere Liebe erblüht, prächtiger noch, als ich je gedacht hätte . . ."

„Wie meinst du das?"

„Ich werde Vater, Michael."

Daniel sah noch eine Weile zum Horizont, dann schloss er die Augen. Es kam ihm so vor, als hätte er seine geliebte Leena gestern erst verlassen, dabei war es schon so lange her. Doch mit geschlossenen Augen konnte er in Zeit und Raum zurückgehen zu dem Moment, als Leena ihm gesagt hatte, dass sie schwanger sei.

Als Daniel erfuhr, dass er Vater werden sollte, bekam er Panik. Er hing so sehr seiner inneren Freiheit und an seiner Unabhängigkeit, die ihm erlaubten, sein Leben so zu leben, wie er es immer wollte. Und nun, nach Leenas Offenbarung, fürchtete er die magische Welt, in der sein Leben verankert hatte, würde auf der Stelle verschwinden. Ohne zu wissen, warum, sagte er sich, dass sein Leben nun wieder so sein würde wie damals, bevor er die Lagune verlassen hatte: voller Pflichten, die aus seinen Tagen Alltagstrott machten und ihn der kostbaren Freiheit beraubten, die er so schätzte. Doch er sagte sich auch, dass die Gründung einer eigenen Familie eine einzige Erfahrung wäre, die er in seinem Leben nicht versäumen wollte.

Daniel liebte Leena so sehr, dass er wusste: In ihr hatte er eine verwandte Seele gefunden, mit der er sein ganzes restliches Leben verbringen könnte. Leena war Daniels große Liebe, und in seinem Herzen war nur Platz für sie. Aber ein Junges zu haben . . ., damit hatte Daniel nicht gerechnet, noch nicht; davon hätte er nicht einmal geträumt.

Bei Vollmond sagte Daniel zu Leena:

„Ich habe Angst, Leena."

Leena lächelte ihn an.

„Meinst du etwa, ich hätte keine Angst?"

„Ja, wahrscheinlich . . ."

„Jede Veränderung macht uns immer auch Angst, mein geliebter Daniel. Das geht uns allen so."

Daniel holte tief Luft und sagte: „Ich werde immer für dich da sein, Leena. Wie die Sonne am

Tag und der Mond in der Nacht, Vielleicht kannst du mich nicht sehen, aber ich werde immer da sein, ganz sicher."

„Willst du gehen?", fragte Leena vorsichtig.

„Ich weiß, dass es unfair ist, dich jetzt zu verlassen, Leena. Aber ich muss einfach eine Weile allein sein, um herauszufinden, welche Entscheidungen für mich und die anderen die besten sind, vor allem auch für dich und das ungeborene Junge in dir."

„Ja, das ist nicht fair!", gab Leena zurück. „Aber du musst eine Weile allein mit dir sein. Ich kann dich nicht aufhalten. Meiner Ansicht nach bist du egoistisch, aber ich darf nicht über dich urteilen. Nur du selbst weißt, wie es in dir selbst aussieht. Es ist deine Entscheidung, nicht meine. Aber ich werde versuchen, dich in meinem Herzen zu bewahren."

Daniel schwamm dicht an Leena heran.

„Du findest mich egoistisch?"

„Ja, in gewisser Weise schon", antwortete sie. „Aber du bist frei geboren, Daniel. Und ich weiß, dass ich mich vor allem deshalb in dich verliebt habe." Leena sah zu den Sternen hinauf. „Man kann andere nicht verändern. Vielleicht kann man ihnen das eine oder andere beibringen, aber verändern kann man sie nicht. Das weiß ich."

„Du bist geboren, um in der Geborgenheit deiner Lagune zu leben", gab Daniel zurück. „Ich nicht."

„Das stimmt", sagte Leena. „Solange wir einander respektieren, wird unsere Liebe nie vergehen. Aber vergiss nicht, dass das Leben ständigen Veränderungen unterworfen ist. Du konntest dein Leben in der Lagune nicht ausstehen, du warst für ganz andere Aufgaben geschaffen als die, die das Leben dir nun auferlegt hat. Jedenfalls war es mir nie in den Sinn gekommen, meine sichere Lagune zu verlassen – bis ich dich traf. Oder vielleicht wirst du auch verstehen, dass du nun einen wirklichen und wunderbaren Grund hast, eine Zeit lang an einem Ort zu bleiben und eine Erfahrung zu machen, mit der du im Leben nie gerechnet hättest. Denk daran: Du musst nicht nur um deiner selbst willen wahrhaftig sein, sonder auch für die anderen, auch wegen des wertvollen Lebens, das nun in mir wächst. Aber ein falsches Leben zu führen ist nicht nur traurig, sondern es ist ein verschwendetes Leben. Also geh und finde, wonach du suchst, Daniel Alexander Delfin. Geh und finde heraus, was du herausfinden musst. Du kannst deine Meinung jederzeit ändern und deine Zukunft anders gestalten, eine Zukunft ohne uns – wenn es das ist, was du willst. Und wenn es so ist, dann versprich mir, dass du dir um mich keine Sorgen machen wirst, Daniel. Ich weiß, dass das Wesen, das ich unter meinen Herzen trage, alle Wunden heilen wird, die mein Glück trüben könnten. außerdem werden die anderen Delfinfrauen gut auf mich aufpassen. Du weißt, wie es in unserem Schwarm läuft. Wir kümmern uns umeinander, egal, was passiert."

Eine unheimliche Stille trat ein.

Und dann hörte Daniel die Stimme des Meeres:

Freiheit ist eine innere Einstellung, Daniel. Sprenge die Fesseln, die dich einschränken, und du wirst für immer frei sein, komme, was wolle.

„Hast du das gehört, Leena?"

„Die Stimme des Meeres, von der du mir erzählt hast ? Nein", sagte sie und schwamm weiter. „Aber ich weiß, dass ich es eines Tages kann, wenn die Zeit dafür reif ist."

In der tiefschwarzen Nacht hörte Michael seinem Freund aufmerksam zu.

„Das ist schön, was du erlebt hast, Daniel", sagte er.

„Und beängstigend", fügte Daniel hinzu.

„Wie meinst du das?"

„Meine Freiheit, Michael, das meine ich damit. Ich habe Angst. Es spielt keine Rolle, dass ich vor langer Zeit beschlossen habe, mich gegen die ganze Welt zu stellen und meinen Träumen zu folgen. Es spielt keine Rolle, dass andere Delfine, die spirituell weiter entwickelt sind als ich, mir gezeigt haben, wie ich im Wasser verschwinden und wieder auftauchen kann, wie und wann ich will. Nichts spielt eine Rolle. Ich bin immer noch ein einfacher Delfin, der frei geboren wurde, und plötzlich kommen all diese Gedanken, die ich schon als Kalb hatte, wieder zurück und spucken mir im Kopf herum."

„Welche Gedanken?"

„Ich habe so oft gehört, dass man große Verantwortung hat, wenn man Vater ist und ein Junges hat. Man muss auf das Kleine aufpassen, es füttern und ihm beibringen, wie man überlebt. Und ich weiß nicht, ob mich diese Verpflichtungen, mit denen ich nun konfrontiert bin, wieder auf all das zurückwerfen, womit alles begann: *leben, um zu fischen, anstatt fischen, um zu leben.* Ich habe Angst, dass ich, ohne es zu merken die innere Freiheit, mit der ich geboren wurde und deren Wiedererlangung mich fast das Leben gekostet hat, verlieren werde, wenn ich zu Leena und dem

Ungeborenen zurückkehre. Ich habe das bei anderen gesehen, Michael, ich will nicht, dass mir das Gleiche passiert. Und dennoch fühle ich mich schuldig, weil ich nur an meine Freiheit denke und nicht daran, was Leena und ihr Kalb glücklich machen würde. Ich will sie nicht verlieren."

So verwirrt, so verloren hatte Michael seinen Freund noch nie erlebt.

„Ich weiß nicht, ob ich darauf vorbereitet bin, Michael. Was ist mit meinen Reisen? Dem Wellenreiten? Meiner Freiheit?"

„Was soll damit sein?", fragte Michael.

Daniel sah in die sternenklare Nacht.

„Muss ich denn mein eigenes Leben aufgeben, damit ich mich um das Leben zweier wundervoller Geschöpfe kümmern kann, die ich gerade erst lieben lerne?"

Michael musste lächeln.

„Daniel Alexander Delfin. Immer schwimmst du gegen den Strom. Vielleicht habe ich dich deshalb mein Leben lang bewundert! Du ziehst deine eigene Spur, anstatt ein normales Leben zu führen. Dank dir, Daniel, hat sich mein Leben zum Besseren gewandelt, und nun bittest ausgerechnet du mich um Hilfe. Du bist wirklich immer für eine Überraschung gut! Dein Gespür hat dir wieder mal gesagt, was du tun musst. Ich dachte, ich könnte dir eines Tages das eine oder andere übers Wellenreiten beibringen. Nun merke ich, dass ich dir vielleicht auf sehr viel bedeutendere Weise helfen kann."

„Wie meinst du das?", fragte Daniel.

„Auch ich bin weit weg von der Lagune fortgereist, Daniel. Wie du habe ich ganz tolle Orte besucht. Und ganz tief in meinem Herzen wusste ich, dass das Wissen über die Existenz dieser Orte nicht nur mein Leben bereichern würde, sondern auch das Leben derer, die ich liebe. Jetzt habe ich das begriffen."

„Was begriffen?", wollte Daniel wissen.

„Freiheit heißt nicht nur, dass man vermeidet, so zu leben, wie man nie leben wollte, und das man, solange man lebt, immer und ewig nach Antworten sucht. Freiheit bedeutet auch, dass man sich selbst die Chance gibt, zumindest eine Zeit lang etwas Schönes und Neues zu erleben, ohne von einem Ort zum anderen wandern zu müssen. Wenn du das nicht verstehst, Daniel, dann bist du meiner bescheidenen Ansicht nach nicht zum wahren Kern der Freiheit vorgedrungen. Du selbst, Daniel, hast es mir vor Langem gesagt: Man muss Geist und Herz vollständig den Situationen öffnen, die das Leben einem bietet, und man muss seine Entscheidungen treffen, indem man nur auf sein Herz hört: So einfach ist das. Man lebt nur einmal", sagte Michael, „das waren vor langer Zeit deine Worte, nicht meine."

„Ich habe ein magisches Eiland besucht", fuhr Michael fort. „Es heißt die Insel der Buckelwale. Jedes Jahr ziehen die Wale aus den kalten Meeren ins warme Wasser vor der Insel und bringen dort ihre Jungen zur Welt. Vielleicht solltest du einmal dorthin schwimmen, um Antworten auf deine zweifelnden Fragen zu bekommen. Es ist nicht leicht, dorthin zu gelangen, aber wir wissen beide, dass schwierige Entscheidungen Anstrengung und Glauben erfordern."

„Es ist wirklich ein ganz geheimnisvoller Ort", erzählte Michael weiter. „Die Insel ist fast immer nebelverhangen. Die Gewässer dort sind eine Zwischenstation für viele Meerestiere auf ihren Wanderungen durch die Ozeane. Ich hatte das Glück, Buckelwale und ihre Jungen zu treffen, Mantarochen, ja sogar Walhaie, die einige Monate dort im Warmen verbringen. Ich habe auch Riesenschildkröten gesehen, die an verlassenen Stränden ihre Eier ablegen!"

Er blickte Daniel glücklich an und sagte dann:

„Das ist nur einer der vielen herrlichen Orte, die ich bereist habe, Daniel – dank dir! Du hast in mir das Bedürfnis geweckt, fernab der Lagune neue Plätze kennenzulernen und bereit und offen dafür zu sein, wenn etwas Spektakuläres geschieht. Und wie auch du wahrscheinlich irgendwann in deinem Leben erfahren hast, ist die Insel der Buckelwale einer dieser Orte, die viel mehr hergeben, als man erwartet hat. Und – wer weiß, Daniel? – vielleicht ist die Angst vor dem Unbekannten. Vielleicht wirst du früher oder später herausfinden, dass es dich nicht deiner Freiheit beraubt, wenn du ein Junges hast und deine Liebe mit jemandem teilst. Vielleicht wird es dich als Delfin sogar noch vollkommener machen, und die Freude, die du dabei empfindest, andere glücklich zu machen und deiner Art neues Leben zu schenken, wird dich womöglich noch freier machen, als du es dir je hast vorstellen können."

Daniel war wirklich begeistert vom Unterwasserleben vor der Insel der Buckelwale. Innerhalb von drei Tagen hatte er Riesenschildkröten gesehen, Weißspitzenriffhaie und eine ganze Reihe von Großfischen, darunter Barsche, eine Schule Blaumakrelen, Thunfische und Barrakudas, je sogar grüne Riesenmuränen. Er war ganz benommen von dem vielen Leben um ihn herum. Delfinschwärme kamen und gingen, er sah Weibchen mit ihren Kälbern. Und fühlte sich ein wenig schuldig, weil er Leena allein gelassen hatte.

Doch was Daniel am meisten faszinierte, war der Gesang der Wale. Ihre Lieder konnte man aus weiter Ferne hören: Die Mutter sang, das Kalb antwortete. Es hatte etwas Einzigartiges. Der Gesang schweißt sie zusammen; das Kalb, das von der Mutter abhängig ist, fühlt sich sicher. Und genau das schlug Daniel in Bann: dass die Mutter das Kalb beschützte und ihm alles beibrachte, ihm aber nicht vorschrieb, was es zu tun hatte.

Plötzlich sieht Daniel ein Buckelwalweibchen mit dem Jungen. Ein neugieriges Kalb – langsam schwimmt es auf Daniel zu. Er kann seine Augen sehen, beobachtet es. Nichts Böses steht zwischen ihnen, da ist keine Angst, nur ein Augenkontakt zweier unterschiedlicher Geschöpfe, und das weiß die Mutter. Sie bleibt in einiger Entfernung und lässt ihr Kalb die Welt selbst entdecken. Sie ist da, um es zu beschützen, sollte irgendeine Gefahr lauern. Aber sie weiß instinktiv, dass Daniel keine Bedrohung darstellt.

Und in diesem Augenblick denkt Daniel an Leena und das ungeborene Kalb: „Wir müssen es immer beschützen", hat Leena einmal gesagt, „aber wir dürfen ihm nie im Weg stehen."

Sanfte Strömungen am Meeresgrund. Daniel muss also nicht seine Fluke einsetzen, wenn er zwischen den Felsen hindurch schwimmt. Die Strömung trägt ihn, und ihm ist, als würde er schweben, umgeben von großen Barrakudaschulen, Barschen und Blaumakrelen, die ihn in wundervollen Reigen umkreisen und beobachten. Daniel bewegt sich nicht, er lässt sich von den leichten Wogen wiegen. Dann taucht er auf. *Es braucht keine Worte. In der Stille der Meerestiefe sind Worte bedeutungslos. Die Erinnerung, die man mit sich nimmt, wird ein Leben lang bestehen.*

Aber Daniel Alexander Delfin weiß nicht, dass das Beste noch kommen soll . . .

Daniel kommt an die Oberfläche, um Luft zu holen, und in diesem Moment sieht er wenige Meter entfernt wie aus heiterem Himmel einen Buckelwal plötzlich seinen Blas ausstoßen und kurz darauf das Kalb einen kleineren Blas. Sie schwimmen langsam; nachdem sie ein paar Mal eingeatmet haben, verschwinden sie in der Tiefe.

Daniel wartet ein paar Minuten. Plötzlich wird das Lied immer lauter. Die Buckelwalmutter taucht auf und schwimmt dicht an Daniel heran. Das Kalb bleibt auf der anderen Seite. Die Mutter weiß, dass Daniel keine Gefahr darstellt. Daniel sieht sie ganz deutlich ein Stück unterhalb, sie blickt ihn mit ihrem großen Auge ruhig an. Daniel regt sich nicht, er schließt die Augen und lässt sich treiben, während der Wal singt.

Als er die Augen wieder aufschlägt, sieht er, dass die Mutter ihr Kalb näher zu ihm gelassen hat, es ist kaum einen halben Meter von ihm entfernt. Die beiden Wale beobachten ihn, er weiß, dass die ihm etwas sagen wollen. Daniel rührt sich nicht, er denkt an Leena und ihr Junges. Währenddessen umkreisen die Wale ihn, doch plötzlich schwimmt das Kalb weg – die Mutter nicht; sie blickt Daniel noch immer an und singt für ihn für ihn. Und auf einmal kann Daniel die Worte der Buckelwalmutter verstehen:

Es ist alles in Ordnung, Daniel. Du wirst bald das schönste Wunder überhaupt erleben: ein neues Leben.

Und solange du nicht vergisst, dass die Natur deine wirkliche Mutter ist, wirst du eine einzigartige Erfahrung machen, eine Erfahrung, die du dir nie hättest vorstellen können.

Folge einfach deinem Instinkt, und denk daran, dass du auf der Welt bist, um andere eine gewisse Zeit lang zu beschützen und zu lehren, aber nicht, um für sie Entscheidungen zu treffen.

Eines Tages wird mein Kalb mich verlassen und dein Kalb dich. Lass es ziehen, wenn dein Herz dir sagt, dass der Moment gekommen ist. Dann hast du deine Aufgabe erfüllt, und das Leben geht weiter . . .

Daniel hatte zu einem bestimmten Zeitpunkt den wahren Sinn seines Lebens gefunden, indem er seinen eigenen Regeln gefolgt war, Regeln, von denen sein Schwarm ihm tausend Mal gesagt hatte, dass sie nicht funktionierten. Warum also konnte er jetzt nicht seinem Herzen folgen? Warum fragte er sich, immer wieder.

Da sprach die Stimme des Meeres zu Daniel:

Wenn es dir gelingt, den Klängen der Natur zu lauschen, kannst du hören, was andere Geschöpfe brauchen.

Vergiss nie: Wenn du ein Kalb hast, wird es dich an die Dinge erinnern, die du wirklich brauchst, und es wird dich an all die Dinge erinnern, die du niemals brauchst.

Dein Kalb wird dir helfen zu wachsen, Daniel, und es wird dir auch dabei helfen, stets selbst das Kind zu sein, das auf ewig in deinem Herzen wohnt.

In dieser Nacht schlief Daniel schlecht. Er träumte wild durcheinander: Über dem Bild der Walmutter und ihres Kalbs tauchte plötzlich Leena mit ihrem schönen, großen Bauch voller neuem Leben auf. Und dann sah er einen kleinen Delfin . . . Da erwachte er.

Doch nach dem Zusammentreffen mit den Walen spürte er auch etwas anderes, etwas ganz Neues. Wie sollte er es beschreiben? Bevor er gestern die Wale getroffen hatte, hatte er Angst gehabt, seine Freiheit zu verlieren und nicht mehr das tun zu können, was er gerne tat. Doch nun waren die diese Ängste plötzlich verschwunden.

In diesem Augenblick öffnete Daniel seine Seele, er war frei von Ängsten und Beschränkungen, und er begriff: Er müsste sich nicht zwischen zwei Welten entscheiden – er musste lernen, in beiden zu leben. Auf der einen Seite Leena und das neugeborene Kalb, auf der anderen Seite der junge Träumer, der immer in ihm wohnen würde, solange er auf die Stimme seines Herzens hörte.

Während der nächsten Tage schlug eine heftige Dünnung an die Nordküste der Insel der Buckelwale. Daniel hatte bereits bemerkt, dass das Meer sich veränderte. Nun wusste er, wann die Wellen kamen, er konnte es in seinem Inneren spüren.

„Ich wünsche dir gute Wellen, Daniel", sagte die Buckelwalmutter. „Und vergiss niemals, was du jetzt fühlst, egal, wie verwirrt oder verloren du dir vorkommen magst. Denn dieses Gefühl kommt nie mehr wieder: Leben zu schenken wird dir helfen, selbst weiterzuleben. Vergiss das nie."

Die Wellen brachen sich pünktlich nach der Tide an der Küste. Am Horizont, war nichts zu sehen außer den heran rollenden Wellen – so sah die Insel aus, wenn die Brandung gegen den Strand peitschte.

Daniel surfte vier Tage lang vom Morgengrauen bis in die Abenddämmerung an der Nordküste. Am letzten Tag hatte er Krämpfe in den Flossen. Er war völlig erledigt. Auch die starke Sonne am Äquator forderte ihren Tribut. Als die Dünnung dann schließlich nachließ, ruhte Daniel seinen Körper aus. Seine Seele war erfüllt.

Doch er konnte sich nicht selbst belügen. Während er in den vergangenen Tagen magische Wellen geritten war, waren in seinem Herzen wieder Zweifel aufgekeimt. Wenn er sich um ein Kalb kümmern müsste – könnte er dann wirklich kommen und gehen, wie er wollte, wenn die Dünnung kam?

Daniel war ganz in Gedanken, als er spürte, wie sich ihm sanft ein riesiges Tier näherte, das er noch nie zuvor gesehen hatte. Es schien im Meer zu schweben wie die Möwen am Himmel.

„Wer bist du?", fragte Daniel.

„Ich bin der Engel der Meere", sagte das seltsame Wesen. „Man nennt mich Manta. Das Meer hat mich geschickt, ich soll dir dabei helfen zu verstehen, was das Leben für dich bereithält."

„Wie meinst du das?"

„Das Meer hat mir den Auftrag erteilt, dich an einen Ort zu führen, wo du die Antworten auf alle Fragen findest, die dich beschäftigen, Daniel. Das Meer hat mir gesagt, dass es dir vor vielen Jahren geholfen hat, zu begreifen, dass es nicht immer schlecht, aber manchmal schmerzhaft ist, wenn man anders ist als alle anderen. Und nun, Daniel, merkst du wieder einmal, dass du anders denkst als der Rest der Welt. Vor Jahren warst du für deinen Schwarm ein Außenseiter, weil du alle Regeln gebrochen hast, die das Leben deiner Artgenossen ausmachen. Doch am Ende hast du den wahren Sinn deines Lebens gefunden, du bist allen Hindernissen zum Trotz wieder zu deinem Schwarm zurückgekehrt und hast ihm den Zauber geteilt, den du erlebt hattest."

Der Manta schwebte vor Daniel im Wasser und fragte ihn mit fester, aber zärtlicher Stimme: „Daniel Alexander Delfin, willst du wirklich in deinem Herzen die Antworten auf die Fragen finden, die dich so aufwühlen?"

„Ja", antwortete Daniel.

„Daniel Alexander Delfin, bist du bereit, allen Gefahren zu trotzen, durch die wir gehen müssen, um dein wahres Schicksal auf dem neuen Lebensweg zu finden, den du wählen wirst?"

„Ja."

„Und noch eins, Daniel Alexander Delfin: Wirst du demütig genug sein, um zu erkennen, dass du vielleicht dieses Mal falsch lagst und dass das Leben nicht nur schwarz-weiß ist, sondern auch aus verschiedenen Grautönen besteht? Bist du bereit, die Ausgewogenheit des Lebens zu akzeptieren? Bist du gewillt, dich noch einmal einer Herausforderung zu stellen und ein wahrer Träumer zu werden, indem du dein Wesen als normaler, einfacher Delfin akzeptierst. Und indem du bereit bist, von anderen zu lernen, die diese schwere seelische Prüfung, welche du nun bestehen musst, bereits hinter sich haben?"

Dieses wundervolle Geschöpf konnte Daniel keinesfalls belügen.

„Ja", sagte er demütig.

„Dann, Daniel Alexander Delfin", fuhr der Manta fort, „lass uns deine Reise zum Tal der Heiligen Gräber antreten, einen Ort, den das Meer für alle Träumer ausersehen hat, wenn sie die schöne Welt verlassen und sich zur Ruhe begeben."

„Werde ich dort die Antworten finden, die ich suche?", fragte Daniel.

„Nur wenn du begreifst, dass Angst lediglich eine Reaktion auf etwas ist, dass du noch nicht verstehen kannst. Nur wenn du begreifst, dass deine Angst nur in deinem Kopf existiert, nirgendwo sonst."

Der Manta sah wirklich aus wie ein Engel der Meere. Daniel hatte schon kleine Rochen gesehen, die tief unten über den sandigen Meeresgrund schwebten, aber noch nie so etwas wie dieses Tier, das nun vor ihm schwamm. Der Manta war mehr als doppelt so groß wie Daniel, seine riesigen Brustflossen bewegten sich sanft auf und ab. Mit seinem Körper, der geformt war wie ein Diamant, glitt er mühelos und anmutig durchs offene Meer. Mit seinen Augen zu beiden Seiten seines Kopfes blickte er Daniel aufmerksam an.

Doch Daniel war in Gedanken weit weg an einem Ort, der Insel der Träume hieß. Nachdem er nun so lange nicht mehr dort gewesen war, empfand er etwas, was er noch nie zuvor empfunden hatte: Er vermisste Leena, nicht nur emotional, sondern auch körperlich. Wenn er ihr nahe war, fühlte er sich freier, als wenn er allein war. Er konnte fast ihre Worte hören, als er sich in seiner letzten Nacht von ihr verabschiedet und die Insel der Träume verlassen hatte:

„Ich wünsche dir vor allen Dingen, dass du liebst und liebend wiedergeliebt wirst; doch wenn das nicht klappt, dann verzeih und vergiss schnell. Und ich wünsche dir, dass du beim Vergessen keine schlechten Gefühle in dein Herz einschließt. Wenn es aber so ist, wünsche ich dir, dass du trotzdem glücklich bist, was auch immer als Gefährtin in Erinnerung behalten und nicht vergessen, dass du immer eine starke und treue Freundin in mir hast. Du kannst viele Freunde haben, aber ich dir versichern, dass es ein Wesen gibt, auf das du dich immer felsenfest verlassen kannst. So ist das Leben, und ich denke, es ist gut so. Türen öffnen sich, während andere sich unwiderruflich schließen, je nachdem, welche Entscheidungen du triffst. Doch deine Freundin wird immer für dich da sein und dich nie für deine Taten verurteilen, sondern immer zu deinem Herzen sprechen, was sie denkt. Das betrachte ich als wahre Freundschaft.

Du hast deinen Samen in mich gelegt, Daniel. Vielleicht weißt du das noch nicht, aber wenn ein Kalb geboren wird, werden auch eine Mutter und ein Vater geboren. Wir sind für immer miteinander verbunden. Egal, wo du sein magst, und egal, wo ich sein mag, ich kann dir versprechen, dass ich mein Bestes tun werde, um diesen Samen zu nähren, bis er eines Tages zu einem prächtigen Geschöpf herangewachsen ist und seine eigenen Samen legen wird, so wie wir es getan haben. Sie werden von den Wellen des Lebens fortgespült, in der Hoffnung, in sicheren Gewässern zu landen und eine Chance im Leben zu haben.

Und zu guter Letzt: Wenn du eines Tages zu deiner Seelenschwester zurückkehrst, die du zu lieben behauptest, dann, Daniel, lass dir von ihr zeigen, was wahre, reine Liebe ist – so wie sie dich auch gehen lässt, ohne etwas vor dir zu verlangen: eine Liebe frei von allen Ketten. Wenn das eintritt, dann bin ich wunschlos glücklich."

„Du bist in Gedanken stimmt's?", fragte der Manta.

„Ja, stimmt", antwortete Daniel. „Ich kann mir immer noch nicht vorstellen, wie ich Leena und meinem ungeborenen Jungen all das geben kann, was ich ihnen geben will, und dennoch derjenige sein kann, der ich bin."

„Meinst du, das lässt sich nicht vereinbaren?"

„Manchmal schon."

Der Manta lächelte Daniel liebevoll an. „O Daniel Alexander Delfin! Immer hinterfragst du alles, was du tust; immer treibst du dich an die Grenze! Die Liebe hat offenbar deinen Geist getrübt, und jetzt kannst nicht mehr klar denken."

„Warum sagst du das?"

„*Unmöglich* ist ein Wort, das die Schwachen im Munde führen, damit sie in der Sicherheit ihrer Welt verbleiben können, in die sie hineingeboren wurden", erwiderte der Manta, „und das weißt du auch. *Unmöglich* ist keine Tatsache, es ist eine innere Haltung, manchmal eine Rechtfertigung. Nichts ist unmöglich. Wenn du dich für jemand anderen verantwortlich fühlst, stiehlt dir das nicht die Freiheit, Daniel. Du musst dir dessen nur bewusst sein, das ist der Trick! Erinnerst du dich denn nicht, wer seinen Schwarm damals zu einem besseren Leben geführt hat? Erinnerst du dich nicht, wer denjenigen die Augen geöffnet hat, die noch immer nicht sehen konnten, dass jedes Leben einen Sinn hat? Dass wir alle geboren wurden, um unser Leben zu leben, ohne sich daran zu stören, was andere darüber denken oder sagen könnten?"

Bescheiden senkte Daniel den Kopf.

„Ich glaube, das war ich . . ."

„Natürlich warst du das, Daniel. Du hast dich gegen alle Regeln gestellt und hast den wahren Sinn deines Lebens gefunden. Doch die Zweifel, die dich nun bedrücken, sind nur Ausdruck dessen, was du selbst immer gesagt hast: Du bist ein Delfin wie jeder andere auch, mit seinen guten und mit seinen schlechten Seiten, aber eben mit dem einen Unterschied: Du hast deine Träume nie aufgegeben."

„Woher weißt du das?"

Der Manta sah Daniel an.

„Erinnerst du dich an den Sonnenfisch? Der davon träumte, die Sonne in irgendeiner Weise zu berühren?"

„Klar erinnere ich mich", sagte Daniel. „Er hat mich eine der schönsten Lektionen des Lebens gelehrt: Dass es besser ist, seinen Träumen zu folgen und dabei sogar sein Leben aufs Spiel zu setzen, als ein Leben ohne Sinn, ohne Inhalt zu führen."

„Ich kannte den Sonnenfisch auch", sagte der Manta.

„Du kanntest ihn?", fragte Daniel ungläubig.

„Ja. Und ob du es glaubst oder nicht: Er hat es geschafft, er hat die Sonne tatsächlich berührt."

„Aber der Sonnenfisch wusste, dass er sterben würde, wenn er die Sonne berührt!"

„Selbstverständlich wusste er das", sagte der Manta. „Und das Meer hat mir befohlen, ihn ins Tal der Heiligen Gräber zu führen, kurz bevor er starb. Die letzten Tage seines Lebens, waren die besten Tage meines Lebens. Kurz bevor er sein Leben aushauchte, wurde ich Zeuge seiner letzten Worte: „Hast du jemals versucht, das Meer zu umarmen? Das habe ich von einem Delfin gelernt, er hieß Daniel Alexander Delfin. Er wusste, dass ich davon träumte, die Sonne zu berühren, und sei es auch nur für eine Sekunde. Und das tat ich, obwohl ich wusste, welchen Preis ich für die Erfüllung meines Traums bezahlen müsste. Aber ich wusste auch, dass die Sonne für immer in meinem Herzen wohnen würde, wenn ich sie berührt hätte. Und das genügte mir.""

Daniel wurde traurig.

„Sei nicht traurig, Daniel", meinte der Manta. „Glaub mir, der Sonnenfisch lebt nun an einem wunderbaren Ort jenseits unserer Vorstellungskraft. Sein Leib ruht im Tal der Heiligen Gräber, aber seine Seele wohnt im Reich ewigen Friedens, nahe der Sonne."

„Das ist tröstlich zu wissen", sagte Daniel.

Der Manta musste lächeln.

„Warum lächelst du?"

„Erinnerst du dich an die Walmutter und ihr Kalb, die du vor der Insel der Buckelwale getroffen hast?"

„Ja, klar."

„Erinnerst du dich auch, dass sie dich mit Namen angesprochen hat?"

„Ja, stimmt!", antwortete Daniel. „Darüber hatte ich gar nicht nachgedacht." Plötzlich leuchteten seine Augen. „Soll das etwa heißen, dass dies der Wal war, den ich getroffen habe, damals, auf der Suche nach dem Sinn meines Lebens? Ist es dieser Wal?"

Der Manta lächelte wieder.

„Siehst du, Daniel – es gibt keine Zufälle genauso wenig wie es das Unmögliche gibt. Wenn du tust, was du tun musst, wird das Universum stets ganz gewiss auf deiner Seite sein."

Die Strahlen der Morgensonne brachen sich im Wasser. Dreißig Tage und dreißig Nächte waren Daniel und der Manta nun durchs offene Meer gereist.

Schließlich sagte der Manta: „Wir sind angekommen."

Daniel blickte auf. Er konnte nur ein enges Tal am Meeresgrund sehen, rechts und links von sanften Hängen gesäumt. Eine unheimliche Stille herrschte dort, die Stille des Todes.

„Dort hinein musst du alleine schwimmen, Daniel. Ich warte hier. Nur dein Herz und dein Instinkt können dich begleiten. Wenn sie wahrhaftig sind, kannst du darauf vertrauen, dass sie dich in die richtige Richtung führen."

„Ist es gefährlich?", fragte Daniel.

„Ja", antwortete der Manta. „Sobald du ins Tal hinein schwimmst, werden dich Strömungen, so stark, wie du sie nie zuvor erlebt hast, zu einem Tunnel ziehen; du kannst dich dagegen wehren, so sehr du willst, du kannst nicht dagegen ankämpfen. Du kommst aus diesem Tunnel nur wieder heraus, wenn du dem Diktat deines Herzens folgst. Und du hast nur eine Chance, Daniel: Wenn du einmal drin bist, gibt es kein Zurück mehr. Vergiss nicht, dass du Luft zum Atmen brauchst. Wenn du deinem Instinkt nicht folgst und nicht die richtigen Entscheidungen triffst, verirrst du dich und ertrinkst wahrscheinlich."

Daniel erschrak. So etwas hatte er sich nicht vorgestellt. „Muss ich denn wirklich in das Tal hinein schwimmen?"

„Nicht unbedingt", antwortete der Manta, „aber wenn du es nicht tust, werden die Seelenqualen, die du für den Rest deiner Tage ausstehen musst, weil du nicht erfahren konntest, welchen Weg du im Leben gehen sollst, hundert Mal schlimmer sein als der körperliche Schmerz, den du im Tunnel haben wirst."

Das Tal der Heiligen Gräber war wirklich ein stiller Ort. Daniel schwamm in die Richtung, die der Manta ihm gezeigt hatte, und kam nun, nachdem er seinen Führer zurückgelassen hatte, in das flache, enge Tal. Das Wasser war trüb, aber Daniel konnte dennoch spüren, dass er in die richtige Richtung schwamm.

Plötzlich sah er eine dunkle Gestalt auf sich zukommen: ein Hai.

„Was tust du hier?", fragte der Hai.

„Der Manta hat gesagt, dass ich hier in diesem Meerestal die Antworten auf die Zweifel und Fragen finden würde, die mich quälen."

„Alle Tiere, die durch dieses Tal gereist sind, waren ganz besondere Geschöpfe, als sie noch am Leben waren", sagte der Hai. „Zolle ihnen auf deiner Reise Ehre und Respekt. Es sind deine Brüder und Schwestern."

„Aber wie werde ich die Antworten finden, die ich brauche?"

„Die Antworten trägst du schon in dir. Nun musst du nur auf dein Herz hören, dann wird dich dein Instinkt durch das Tal führen. Und nur wenn du demütig genug bist, um auf das zu hören, was deine Brüder und Schwester dir zu sagen haben, wirst du den richtigen Weg zum Verstehen – und zum Leben – finden."

„Ich will es versuchen", meinte Daniel.

„Also dann. Dein Instinkt wird dir den Weg zu all dem weisen, was du herausfinden musst und wozu du hierhergekommen bist, Daniel."

Daniel erschrak. „Woher weißt du meinen Namen?"

„Wir sind uns schon einmal begegnet", erwiderte der Hai. „Erinnerst du dich nicht, Daniel? Die perfekte Welle?"

„Nein, das kann nicht sein!", wiedersprach sich Daniel.

Der Hai lächelte. „Es ist überrascht mich, dass du nicht glauben kannst, dass wir uns zuvor, vor langer Zeit, schon einmal begegnet sind. Immerhin warst du derjenige, der mir geholfen hat, mich an meine Träume zu erinnern!"

„Und du warst der Hai, den ich getroffen habe, als ich vor vielen Jahren die perfekte Welle gesucht habe!"

„Ganz genau", sagte der Hai. „Dank dir habe ich wieder träumen gelernt. Und eines Tages habe ich dann wie du zum ersten Mal die Stimme des Meeres gehört, und viele Jahre später hat mich das Meer gebeten, der Wächter des Tals der Heiligen Gräber zu werden."

„Aber es scheint unmöglich . . .", fand Daniel.

„Das klingt seltsam aus dem Mund desjenigen, der mir damals beigebracht hat: „Wenn du etwas von ganzen Herzen willst, dann können dich nur deine eigenen Ängste aufhalten.""

„Du hast recht", sagte Daniel, „die Angst vor der Zukunft lastet mir auf der Seele."

Da sprach der Hai: „Du warst demütig und hast erkannt, dass du Hilfe brauchst um deine Gedanken zu ordnen." Er sah Daniel an. „Man hat dich verletzt, Daniel."

„Wie meinst du das?"

„Du bist die Gabe, Leben zu schenken. Nicht jedem wurde dieses Glück zuteil. Ich zum Beispiel kann kein Leben schenken, Daniel. Ich habe eine wunderbare verwandte Seele getroffen, mit der ich eine Familie gründen wollte. Aber ich konnte nicht. Die Natur hat mir diese Gabe nicht verliehen. Und du, du bist nun hierhergekommen, um Antworten zu finden, die du schon kennst."

„Wie meinst du das?"

„Verstehst du denn nicht, Daniel? Wenn ich sterbe, stirbt die Zukunft mit mir. Ich habe zu spät gemerkt, dass ich niemals frei sein würde, wenn ich kein Leben zeugen kann.", erklärte es ihm der Hai.

Daniel sah die Traurigkeit in den Augen des Hais und dachte an Leena und an das Leben, das in ihr wuchs. *Wie egoistisch ich gewesen bin!*

„Geh nun, Daniel. Aber achte auf die Strömungen. Wähle deinen Weg mit Bedacht. Dann findest du auch den Ort, den du besuchen musst. Viel Glück!"

Daniel machte sich auf den Weg durch das enge Tal. Die Sicht war sehr schlecht. Die Stille war so vollkommen, dass er hörte, wie sein Herz das Blut durch seinen Körper pumpte. *Und was mache ich jetzt?*

Dann hörte er wie früher die Stimme des weiten Meeres, die zu ihm sprach: *Tu einfach, was du am besten kannst, Daniel: Träume!*

Daniel schloss die Augen und schwamm, geführt nur von seinem Instinkt. Plötzlich übernahm ohne jede Vorwarnung eine starke Strömung die Kontrolle über seine Bewegungen. Gegen den Strom konnte er nicht anschwimmen. Das war unmöglich. Er merkte, dass er immer müder wurde und schneller die kostbare Luft in seinen Lungen verbrauchte, je mehr er gegen die Strömung ankämpfte. Also entspannte er sich und ließ sich von den Wogen tragen.

Während er sich durch das Tal treiben ließ, hörte er Stimmen: Hab *keine Angst . . . Vertraue dem Meer . . . Vertraue dem Manta . . . Vertraue dem Hai . . . Vertraue deinem Herzen . . .* Daniel war getröstet durch dieses geisterhafte Geflüster, und seine Angst ließ nach, als er sich dem dunklen Schlund des Heiligen Tunnels näherte.

Doch als er den Eingang passiert hatte, bekam er solche Panik vor dieser Enge, dass er am liebsten umgekehrt wäre. Dann hörte er von irgendwoher eine wohltuende Stimme:

Daniel, du verlierst deine Freiheit nicht. Du musst nur akzeptieren, dass die Reise nie zu Ende ist und dass eine neue wundervolle Zeit für dich angebrochen ist, in der du dein Leben weiterhin, aber eben aus einer anderen Perspektive genießen wirst.

Werde ich denn mit einer ganz anders gearteten Zukunft umgehen können?, fragte sich Daniel.

Er spürte, dass sich die Strömung teilte, als sich auch der Tunnel gabelte. *Vertraue deinem Herzen,* dachte er. Aber dann hatte er keine Zeit mehr zu denken. Er schloss wieder die Augen und vertraute darauf, dass ihn sein Instinkt in den richtigen Arm der Gabelung führen würde. Kaum war er dort hinein geschwommen, hörte er erneut die Stimme:

Du allein hast dein Schicksal in der Hand, Daniel. Nur das ist von Bedeutung. Deine Träume sind das leuchtende Licht, das dich stets in einen sicheren Hafen führen wird.

Ein freier Geist, die Stimme deines Herzens und der Wille, derjenige zu sein, der du sein willst – mehr brauchst du nicht; dann wirst du niemals aufhören, deine Ziele erreichen, deine Träume verwirklichen zu wollen. Es ist dein eigenes, einzigartiges Leben!

Hier war die Strömung weniger stark, und Daniel musste kostbare Energie aufwenden, um zur nächsten Gabelung zu gelangen. Nun herrschte schwarze Nacht. Nachdem er lange geschwommen war, spürte er, dass sie die Strömung abermals teilte und die nächste Wegkreuzung ankündigte. Daniel war erschöpft und fragte sich, ob er nun sterben müsse. Plötzlich dachte er an Leena und bog mit neuer Kraft und frischen Vertrauen in den linken Strömungsarm ein.

Manchmal, Daniel, triffst du jemanden aus einem ganz bestimmten Grund oder für eine gewisse Zeit.
Doch irgendwann, Daniel, ist es so weit – dann triffst du jemanden fürs ganze Leben.
Ist es aus einem bestimmten Grund, dann braucht der andere deine Hilfe oder du seine.
Ist es für eine gewisse Zeit, dann hast du etwas zu lehren oder zu lernen.
Aber wenn du jemanden fürs Leben triffst, dann hast du das größte Geschenk überhaupt bekommen.

Ich habe Angst!, dachte Daniel. Er spürte, dass er langsam keine Luft mehr hatte, und begann, gegen die Strömung anzukämpfen. *Aber ich darf mich nicht dagegen wehren.*
Der stockdunkle Tunnel gabelte sich wieder. Einen Augenblick lang dachte Daniel über seine Freiheit nach, dann bog nach rechts ab. Doch kurz vor der Kreuzung meinte er plötzlich, eine kleine, dunkle Gestalt zu sehen – einen kleinen Delfin. Er schlug schnell einen Haken und schwamm in den linken Arm hinein.

Angst ist ein Teil des Lebens, Daniel. Zweifel sind Teil des Lebens. Manchmal gehört es auch zum Leben, sich völlig verloren zu fühlen. Aber damit ist das Leben gewiss nicht zu Ende. Es ist lediglich der Anfang von etwas Größerem, spirituell sehr viel Reicherem als alles, was du zuvor erlebt hast.

Daniel hatte nun kaum noch Puste, seine Lungen brannten. *Ich muss weiter!, dachte er.*

In diesem Moment sah er zwei schwache Lichter vor sich wie das Ende zweier Tunnel. Auf einmal dachte er an das Kalb, das bald geboren werden sollte.

Mein Kalb!

Er wählte den Tunnel rechts.

Vor ihm lag ein riesiges Grab. Es war das letzte. Und dann riss die Strömung jäh ab. Nun konnte Daniel durch das Licht schwimmen, das er gesehen hatte. Seine Lungen versagten ihm fast den Dienst, doch wieder einmal erleuchtete Daniels Instinkt sein Herz. Er wusste, dass das letzte Grab das wichtigste war. Er musste hinein schwimmen und lauschen, was er dort erfahren würde. Er beschloss, unter Wasser zu bleiben, auch um den Preis seines Lebens.

Eure Kinder sind nicht eure Kinder.

Sie sind Söhne und Töchter der Sehnsucht des Lebens nach sich selbst.

Sie treten durch euch in die Welt, aber nicht aus euch.

Und obgleich sie bei euch sind, gehören sie euch doch nicht.

Ihr dürft ihnen eure Liebe geben, aber nicht eure Gedanken, denn sie haben ihre eigenen.

Ihrem Körper dürft ihr ein Haus schenken, aber nicht ihren Seelen, denn diese wohnen im Haus des Morgen, das ihr selbst in euren Träumen nicht zu betreten vermögt.

Ihr mögt danach streben, wie sie zu sein, doch versucht nicht, sie euch gleich zu machen.

Denn das Leben schreitet weder zurück, noch verharrt es im Gestern.

Daniel war fasziniert von dem, was er hörte. Er schlug die Augen auf: Diese faszinierenden Worte kamen vom Grab des Geschöpfes, das man Mensch nennt.

Daniel war ganz im Frieden mit sich selbst, als er am Ende seiner Prüfung angelangt war, obwohl er vor Sauerstoffmangel beinahe ohnmächtig wurde. Endlich kam er aus dem Tunnel ins Licht. In einem letzten Kraftakt schnellte er an die Wasseroberfläche und sog so viel Luft ein, wie er nur konnte.

Er war glücklich und er war frei.
Nun wusste er es.

Es dauerte eine Weile, bis Daniel sein Blut wieder mit Sauerstoff angereichert hatte und es ihm besser ging. Alles war so schnell gegangen, doch in den wenigen Minuten, die sich wie eine kleine Ewigkeit angefühlt hatten, hatte er endlich die Antwort auf seine Fragen gefunden.

Und dann sprach das Meer wieder zu Daniel:

Manche lernen erst spät im Leben, Daniel.

Andere lernen nie.

Lerne, zwischen deinen beiden Welten, zwischen deinen Träumen zu leben.

Und vergiss eines nie, Daniel Alexander Delfin: Die Erfahrungen zu machen, die das Leben uns bietet, ist unausweichlich. Ob du sie genießt oder erleidest, ist deine eigene Wahl. Du musst es einfach für dich entscheiden, was besser ist für dich.

Der Manta sah, wie Daniel aus dem Tal der Heiligen Gräber zurückkehrte. Sein ganzer Leib leuchtete, seine Augen strahlten, sein Herz war mit neuem Verständnis und mit Glück angefüllt.

„Hast du denn nun die Antworten gefunden, nach denen du gesucht hast?", fragte der Manta.

„Ja", antwortete Daniel. „Manchmal sind die Dinge ganz anders, als man sie sich vorstellt – noch besser!"

„Sich seines Seins bewusst zu sein, das ist der Schlüssel", wusste der Manta. „Und weißt du, was das Beste an dem Kalb ist, das bald geboren wird, Daniel?", schob er nach.

„Was denn?"

„Es wird immer dafür sorgen, dass du deine Träume nicht vergisst."

In Daniels Lagune übte Michael gerade das Reisen durch den Raum. Daniel hatte ihm gesagt, dass der ganze Trick darin liege, aufzuhören, sich selbst als Gefangenen in seinem eigenen Körper zu betrachten, und dass das, was er mit seinen Augen sehen konnte, nur Teil der Beschränkungen sei, die ihm beigebracht worden waren. Um sich aus seinem körperlichen Begrenzungen zu befreien, musste Michael sich an das Gefühl erinnern, das er gehabt hatte, als er zum allerersten Mal der Stimme des Meeres gelauscht und gefolgt war. Es war ihm ein gutes Gefühl.

Er konzentrierte sich tage-, ja wochenlang, aber nichts geschah. Er schloss die Augen, doch wenn er sie wieder aufschlug, war er immer noch am selben Ort.

„Kämpfe nicht gegen die Begrenzungen an", hatte Daniel ihm gesagt. „Glaub einfach daran, dass alles möglich ist, wenn du es dir nur sehnlich genug wünschst. Alles ist möglich."

Und in diesem Augenblick begriff Michael, was Daniel ihm hatte sagen wollen, und er spürte ganz genau dasselbe wie damals, als er die Stimme des Meeres gehört hatte. Er lächelte.

Als Michael die Augen wieder öffnete, war er ein paar hundert Meter von der Stelle entfernt, wo er sie kurz zuvor geschlossen hatte.

„Es funktioniert!", sagte er freudig – und schockiert zugleich.

„Na klar funktioniert es! Du musst einfach nur mit ganzem Herzen daran glauben, dass nicht unmöglich ist. Nichts!"

„Daniel!"

„Hallo, Michael", sagte Daniel lächelnd.

Michael schwieg kurz, dann fragte er: „Dann hast jetzt die Antworten, die du gesucht hattest, Daniel?"

„Ja", sagte Daniel. „Ich musste von fernen Meeren träumen und wusste, dass ich irgendwann und irgendwie den sicheren Hafen erreiche. Und genau das habe ich getan. Ich bin meinen Träumen gefolgt und habe das Leben gelebt, das ich leben soll. Und nun werde ich ohne Reue das neue Leben weiterleben, für das ich bestimmt bin und das ich auch wirklich will – umgeben von denen, die ich liebe." Er sah Michael lange an. „Danke, Michael. Danke, dass du mir geholfen hast, wieder in Frieden mit mir selbst zu kommen."

Daniel und Michael ritten noch ein paare Tage auf den Wellen ihrer geliebten Insel – so wie damals, vor vielen Jahren, als sie Kälber gewesen waren.

„Zeit ist unwichtig, nicht wahr?", sagte Michael.

„Solange wir das Kind nicht vergessen, das in jedem von uns wohnt, ja", antwortete Daniel.

Nach ein paar wundervollen Tagen mit Wellenreiten sagte Daniel eines Morgens:

„Ich muss gehen, Michael."

„Ich weiß."

„Besuchst du mich auf der Insel der Träume? Ich würde mir wünschen, dass du Leena kennenlernst."

„Aber ja!"

„Das ist gut, Michael. Egal, was passiert, du wirst immer mein bester Freund sein. Immer."

Michael lächelte.

„Also dann, Daniel, ich werde all die verrückten Sachen üben, die du mir gezeigt hast, und glaube mir: Wenn du es am wenigsten erwartest, werde ich plötzlich neben dir auftauchen, so wie du es bei mir getan hast. Ich werde dich zu Tode erschrecken!"

„Bis zum nächsten Mal", antwortete Daniel lächelnd. „Folge immer deinen Träumen, Michael, immer!"

Daniel schloss die Augen und dachte an die wunderbare Insel, Tausende von Kilometern entfernt, wo er die Liebe seines Lebens gefunden hatte. Er konnte sogar Leenas Augen sehen, die in der goldenen Lagune gestrahlt hatten, als er sie vor vielen Jahren zum ersten Mal gesehen hatte.

Und in diesem Moment wurde sich Daniel Alexander Delfin darüber klar, dass er nicht nur ein Delfin war, sondern Teil von etwas viel Größerem. Sein Leib wurde immer dünner, je intensiver er an Leena dachte, dann verschwand er schließlich ganz.

Monate waren vergangen, seit Daniel die Insel der Träume verlassen hatte, um allein zu sein und Antworten auf die Fragen zu finden, die ihn gequält hatten.

Aber Daniel war ein Risiko eingegangen, und nun müsste er sich mit den Konsequenzen auseinandersetzen, die seine Entscheidung, die Insel der Träume zu verlassen, mit sich brachte. Würde Leena ihn immer noch lieben? Wollte sie noch immer, dass Daniel ein Teil ihres Lebens sei? Allein beim Gedanken daran stand er Seelenqualen aus.

Vögel aller Art flatterten am strahlend blauen Himmel und umkreisten die hohen Berggipfel der Insel der Träume; die einen begannen einen neuen Tag, andere bereiteten sich schon auf ihren Zug zu fernen Gestaden vor. Und in diesem Augenblick wurde Daniel bewusst, dass der Vogelzug, den er sooft verfolgt hatte, wie auch die Wanderung der Buckelwale tiefer gehende Gründe hatte, als lediglich zu einem Ort zurückzukehren, wo sie geboren waren und wo sie später selbst Junge bekamen. Ihm wurde klar, dass Leben Bewegung ist, dass sich alles immer verändert und dabei einen universellen Gesetz folgt, dass die Jahreszeiten kommen und gehen lässt und dafür sorgt, dass Körper anfangen, Spuren der Zeit zu zeigen und zu altern. Daniel wusste nun, dass es für alles eine bestimmte Zeit im Leben gibt; es gab eine Zeit, um sich zu verlieben, und eine Zeit, um eine Familie zu gründen. Die Gedanken waren für ihn die besten Gedanken jener Zeit.

Er sah sie, als er in die Lagune der Insel der Träume hinein schwamm.

Sie war umgeben von anderen Delphinweibchen, die auf Leena aufpassten. Instinktiv spürte

Daniel, dass in Kürze etwas geschehen würde. Etwas Sonderbares wird geschehen.

Er näherte sich ihr vorsichtig.

„Hallo, Daniel."

„Hallo, Leena."

„Lange nicht gesehen", sagte sie.

„Ich weiß, es tut mir leid."

„Es muss dir nicht leid tun, Daniel. Du musstest tun, was du tun musstest."

Dann schwiegen sie eine Weile.

„Hast du denn gefunden, was du gesucht hattest?", fragte sie schließlich.

„Ja. Aber es hat länger gedauert, als ich es mir dachte . . ."

„Ist schon in Ordnung, Daniel, wenn du die Antworten, die du gebraucht hast, gefunden und nun deinen Seelenfrieden wiedererlangt hast."

Es wurde dunkel. Am Himmel stand der Vollmond, der die schöne Lagune hell beschien. Leena sah in den Mond.

„Heute ist es so weit, Daniel."

Daniel wurde nervös. „Du meinst . . ."

„Ja", sagte sie. „Heute ist der Tag, auf den ich so lange gewartet habe. Der Tag, an dem meine Träume endlich Wirklichkeit werden . . ."

„Willst du, dass ich dabei bin?"

„O ja, ich will für den Rest meines Lebens bei dir und dem Kalb sein, das nun geboren wird – vorausgesetzt, du willst mich immer noch."

Leena lächelte.

„Na dann, komm mit. Es ist Zeit."

Leena und die anderen Weibchen schwammen in einen sehr ruhigen, abgelegenen Teil der Lagune. Daniel folgte ihnen in kurzer Entfernung, er war ganz nervös und kribbelig.

Zwölf Monate lang hatte Leena den Traum, auf den sie wartete, in ihrem Bauch genährt. Den Rest würde nun Mutter Natur erledigen.

Sie schwammen an einen abgeschiedenen Platz, wo das Wasser warm und unbewegt war. Daniel, die beiden anderen Weibchen und der Mond sollten nun Zeugen des größten Wunders überhaupt werden: der Geburt eines neues Lebens.

Plötzlich fing Leena an, sich zu winden, als hätte sie große Schmerzen. Sie holte Luft und tauchte wieder knapp unter die Wasseroberfläche. Ein paar Minuten vergingen, und sie musste noch einmal auftauchen, um erneut einzuatmen. Und als sie dann ruhig unterhalb der Wasseroberfläche schwebte, ragte aus ihrem Bauch ein kleiner, schwarzer Schwanz heraus. Es dauerte nur wenige Minuten, dann schwamm das neue Kalb frei und tauchte instinktiv auf, um seinen ersten Atemzug zu tun, Leena und die „Kinderfrauen" dicht bei ihm waren und aufpassten, ohne einzugreifen.

Das kleine Kalb hatte Falten und Streifen von seiner gekrümmten Lage im Mutterbauch. Finne und Fluke sahen ganz weich aus, aber das würde sich ändern, wenn es heranwuchs. Nach seinem ersten Luftholen schwamm es instinktiv und noch etwas unsicher zu seiner Mutter Leena. Sie war erschöpft, aber die anderen Weibchen waren bei ihr und halfen ihr.

Für das, was Daniel in jener Nacht sah, gab es keine Worte. Nach all dem, was er in dem schönen Leben, dass er gewählt hatte, entdeckt und erlebt hatte, hatte er immer gewusst, dass er nicht sein ganzes Leben lang an einem einzigen Ort bleiben konnte. Er musste weiterlernen, musste neue Riffe entdecken, um seine geliebten Wellen zu reiten. Er war ein einsamer Wanderer, dessen beste Freunde immer er selbst und das Meer gewesen waren. Aber nun, da Daniel frei war von allen Fesseln, die Geist und Seele bedrückten, konnte er sich selbst nicht belügen. An einem Ort zu bleiben war für ihn gleichbedeutend mit vergeudeten Leben, mit Langeweile, Alltagspflichten. Das hatte er in der Lagune gelernt, wo er geboren worden war und wo sein Schwarm durch die täglichen Erfordernisse des Fischens die Träume und den wahren Sinn des Lebens vergessen hatte.

Das war die Antwort auf meine Frage, dachte er. *Man lehrt uns, Regeln zu befolgen und das zu tun, was alle anderen auch tun, und in gewisser Weise bekommen wir gesagt, was ein erfolgreiches Leben wäre. Das ist die List, der goldene Köder, den wir alle schlucken.*

Aber Daniel hatte seinen Geist nun endlich von all diesen Gedanken, von all diesen falschen Wahrheiten und Ängsten befreit, mit denen seine Umgebung ihn angesteckt hatte. Wenn er in der Lage gewesen war, seinen Schwarm zu verlassen und zu merken, dass er die ganze Zeit gut daran getan hatte, seinen Träumen zu folgen, zumindest in Bezug auf das, was er in seinem Leben wollte, warum sollte er dann nicht auch in der Lage sein, sein Schicksal selbst in die Hand zu nehmen und in beiden Welten zu leben, die zwar so unterschiedlich zu sein scheinen, ihm am Ende aber noch freier machen würden? Was war falsch daran, in einer Lagune zu bleiben, wo sein Glück und seine große Freiheit nun zusammenwohnen könnten, umgeben von den Wellen, die er so überalles liebte?

Und da begriff er nun, was der Manta, der Buckelwale, der Hai, ja selbst die Seelen im Tal der Heiligen Gräber, vor allem das Grab des Geschöpfes Mensch, ihm sagen wollten: Du kannst eine wundervolle Familie gründen und gleichzeitig deinen Träumen folgen, solange du nie vergisst, dass das prächtige Wesen, das durch wahre Liebe geboren wurde, nicht dir gehört. Es hatte das gleiche Recht, seinen eigenen Träumen nachzujagen, wenn die Zeit dafür gekommen ist. Und wenn du deine Erfahrungen mit ihm teilst – nicht lehrst! –, während es heranwächst, wirst du dir einen weiteren Traum erfüllen, ohne deine geliebte Freiheit opfern zu müssen. Denn im Grunde ist Freiheit nur eine Frage der inneren Einstellung.

Der Buckelwal hatte sich dafür entschieden, sein Kalb großzuziehen. Der Manta hatte sich dafür entschieden, dem Diktat des Meeres zu folgen, und das Meer hatte aus ihm einen Engel gemacht. Selbst der gute Mensch, der diese Worte auf sein Grab geschrieben hat, war sich selbst treu geblieben. Und auch der Hai hatte den Sinn seines Lebens gefunden, indem er seine Begrenzungen demütig akzeptiert hat. Es spielt also keine Rolle, welchen Weg sie in ihrem Leben gewählt hatten – ein jeder hatte das Gleiche erreicht: Sie alle hatten ihr Schicksal in die Hand genommen, waren ihren Träumen gefolgt, und das hatte sie frei gemacht.

Michael hatte recht, dachte Daniel. *Wir alle sind Lehrer, und wir alle sind Schüler.*

Daniel Alexander Delphin betrachtete die schöne Lagune der Insel der Träume, ein kleines Gewässer mitten im Ozean, wo er sich seinem Traum erfüllen musste. Nicht außerhalb, sonderhalb innerhalb der Lagune!

Er schwamm zu Leena und dem neugeborenen Kalb.

Leena lächelte. „Komm, mein Geliebter. Komm und schwimme mit deinem Kalb."

Leena führte das Neugeborene zärtlich zu Daniel. Sie sahen sich zum ersten Mal in die Augen und schwammen zusammen. Daniel machte einen Laut, das Kalb antwortete. *Wie die Buckelwale,* dachte er.

Daniel und das Kalb glitten zu Leena.

„Ich bin gekommen, um zu bleiben, meine schöne Leena – wenn du willst."

„Und wir schwimmen mit dir, wohin du willst!", sagte sie.

In diesem Moment hörten auch Leena und das Kalb zum ersten Mal die Stimme, die Daniels Leben vor zehn Jahren für immer verändert hatte:

Es kommt eine Zeit im Leben, da bleibt einem nichts anderes übrig, als einen eigenen Weg zu gehen . . .

DANKSAGUNG

Ich bedanke mich bei meinen Freunden, die mir treu an meiner Seite stehen und vor allem meinem Partner. Für sehr viele Anregungen und Unterstützungen bedanke ich mich bei meinen Nachbarn und ein ganz besonders großes Dankeschön gilt meiner geliebten Mama.

Berlin, im August 2011

Anmerkungen des Autors:

Sie können mit mir sehr gerne in Kontakt treten, entweder per Post, E-Mail oder Telefon. Mich können Sie auch auf folgender Website **www.sandrohuebner.de** finden und kontaktieren. Meine Kontaktdaten sind auf der Website hinterlegt. Wenn Sie mir was Spenden wollen, teile ich Ihnen gerne meine Bankverbindung mit. Kleine Spenden sind gern gesehen.

Desweiteren sind die anderen Bücher, wie diese hier unten aufgeführt werden, bereits erhältlich:

- SAD SONG - Trauriges Lied -
- Juliette und Taddei eine Liebe forever

Autor:	Sandro Hübner
Titel:	SAD SONG
	- Trauriges Lied -
Genre:	Kriminalroman
Seitenanzahl:	66
ISBN:	978-3-7407-3007-9
Verlag:	TWENTYSIX

John Blaine, Privatdetektiv in Dublin, ist zwar clever, aber weder in finanziellen Dingen noch in der Liebe besonders erfolgreich; seine Frau hat ihn gerade verlassen.

Endlich erhält er ein lukrativen Auftrag: Ein reicher Bauunternehmer engagiert ihn, die entlaufene Tochter wieder zurückzubringen. Aber Blaine schlägt sich auf die Seite der Tochter, gegen seinen Auftraggeber. Der will das Mädchen zwecks Sanierung des eigenen Unternehmens mit dem Sohn des Geschäftspartners verheiraten. Für seine Ritterlichkeit muss der Detektiv einiges einstecken, bevor sich sein Glück doch noch wendet und er in ein finsteres Geheimnis aufdeckt, das dem Vater ein für alle Mal die Lust nimmt, die Tochter mit Gewalt zurückzuholen . . .

Autor: Sandro Hübner
Titel: Juliette und Tadcei eine
Liebe forever
Genre: Liebesroman
Seitenanzahl: 68
ISBN: 978-3-7407-303C-7
Verlag: TWENTYSIX

Ein Stipendium für die Kunstakademie in New York! Übermütig springt Juliette über die Dampfschwaden, die aus einem Gully steigen, und lächelt den Brezelverkäufer an der Straßenecke an. Und sie spürt es ganz genau: In diesem Jahr ist alles möglich. Etwas wird mit ihr geschehen – etwas Wunderbares . . .